Scripto

Florence Hinckel

l'été où je suis né

Gallimard

Une acquisition extraordinaire

Je m'appelle Léo, et pourtant, quand Claire ou Charles le disent, « Léo », je mets un moment à réaliser que c'est moi. Qu'est-ce que ça signifie, un prénom ? Pourquoi je m'en souviendrais ? Aucune raison : je le prononce si peu moi-même. Je ne m'appelle jamais.

Mes parents disent que je suis toujours ailleurs. Ils le disent d'un air un peu ennuyé, mais ce n'est pas moi qui ai commencé. Ce n'est pas eux non plus, à vrai dire. C'est plutôt celle qui a décidé à ma naissance que je n'allais pas continuer à vivre en sa compagnie. Ma mère biologique. C'est peut-être pour ça que « Léo » ne me dit rien : ma mère m'appelait sans doute autrement dans sa tête de mère. Elle, c'est pire, elle s'appelle X.

Avant toute cette histoire, je lui parlais, et je lui disais des trucs comme : *C'est malin, X, t'as toujours été qu'une croix dans ma tête. Ça a sans doute noué quelques trucs. La preuve, c'est que j'ai jamais pu retenir les tables de multiplication. Je suis superbon en maths pourtant, mais ça j'ai jamais pu. 3 x 9. Je lisais jamais 3 fois neuf, mais 3* ixe *9. 3 x 9 = blanc. Ben ouais, X, c'est ça que t'as fait, mais tu t'en fous, tu t'es refait une autre vie, une vie que je connaîtrai sans doute jamais, même si je pense qu'elle doit pas être vraiment extra, sinon tu m'aurais pas laissé après m'avoir porté neuf mois.*

Ça, c'est ce que j'ai réussi à lui dire en pensée après des années de psy, tous les jeudis soir après l'école, de six à douze ans. Il paraît que tous les enfants nés sous X s'imaginent que c'est leur faute. Que leur mère n'a pas voulu d'eux. Que c'est parce qu'elle ne les aimait pas. Donc qu'ils ne sont pas aimables. On voit le topo, quoi. Je l'ai cru, ça. Ouais. Je m'en souviens bien, de l'avoir cru. Mais je pensais que c'était fini. Mes parents, les autres, ceux qui ont un vrai prénom, deux vrais prénoms de parents réels – Claire et Charles – ont sans doute bien fait leur boulot. Je savais que je pouvais être aimé. Y avait pas de souci. En même temps, ces parents-là, avec leurs prénoms d'eau claire qui roulent sur des galets polis, *Clairécharles*, auraient aimé n'importe qui. Moi ou un autre. Mais c'était idiot de se prendre la tête avec ça.

Je continuais tranquillement à lui parler encore, à X, ça m'occupait durant certains cours, le soir dans mon lit, pendant les repas de famille, bref, quand je ne travaillais pas sur ma bécane. C'était la troisième que je retapais entièrement, à ma façon. Après, je les revends à des copains. Je suis content quand je les vois passer, dans notre petite ville, les motos et les scooters que j'ai refaçonnés. C'est un peu comme si je participais à la décoration du monde. C'est une moto qui passe vite, on a à peine le temps de la voir, mais on la voit quand même. Et ça se remarque plus qu'un truc immobile, comme la fresque qu'il y a sur le mur du bahut. On finit par ne plus la voir du tout à force de la voir. Je ne pourrais même pas dire ce qu'elle représente. Ni même les couleurs. Ce n'est qu'un mur qui ne bouge pas. Et c'est tout.

Mes motos, X, Claire et Charles, quelques potes et les cours, tout ça remplissait ma vie. Je ne recherchais pas autre chose. Et pourtant c'est arrivé, sans que je l'aie voulu et provoqué. C'est ça le plus extraordinaire.

Cette vie-là justement allait pourtant commencer à se simplifier pas mal, vu qu'on était début juin, et que les cours tiraient à leur fin. Les conseils de classe avaient eu lieu. Comme d'habitude, aucun souci pour moi : sans fournir de gros efforts, j'obtiens toujours de bons résultats.

J'étais passé à la casse où travaille mon ami Ben, Ben pour Benoît, en lisière de la ville. Il m'avait pris le bras pour m'amener à l'écart, derrière une carcasse de Corsa bleu métallique. Il avait adopté un ton de conspirateur pour m'annoncer :

– Tiens, Léo, regarde ça.

Mon regard avait suivi le mouvement de sa main et, au milieu d'un amoncellement de tôle froissée et de câbles rouillés, j'ai vu ce que n'importe qui aurait pris pour un vieux scooter complètement déglingué. Mais moi ce que j'ai vu, c'est une pure merveille accidentée. Pour tout dire : un Chappy, à quatre vitesses à embrayage manuel ! Les Chappy, ce sont ces petits cyclos qui étaient à la mode avant ma naissance. Ce sont des vrais modèles de collection, maintenant. En plus, la bécane avait été customisée. Une jauge-compteur trop classe, un peu rétro. Et de superbes bouchons de valve en forme de têtes de mort.

Grâce à Ben, je l'ai acheté une misère, enfin tout est relatif. Ça a quand même fait un sacré paquet, pour une épave, mais j'ai rassemblé tout l'argent que j'avais gagné aux dernières vacances en aidant une amie de Claire à vendre des crêpes au comptoir de son resto. Il me restait de l'argent de côté. Je dois dire que Claire et Charles ne sont pas avares en argent de poche. J'ai de la chance. J'ai aussi acquis quelques accessoires et chromes indispensables pour la retaper. Et j'en salivais à l'avance.

Le garage en bas de la maison m'est entièrement dévolu. J'y ai installé tout mon matériel, et il y en a du lourd. Un compresseur d'air, une perceuse à colonne, un établi, un poste à souder... Je m'apprêtais à y passer des heures délicieuses, à transformer ce petit bijou en chef-d'œuvre. Cette fois j'allais le garder pour moi. Je l'admirerais tous les jours. Je m'endormais comme un bébé en ce temps-là. Facile, il suffisait de compter les petits scooters qui bondissaient l'un après l'autre par-dessus la barrière de mes rêves. Je n'allais pas plus loin que cinq ou six, le sourire aux lèvres.

Mais tout ça, c'était avant cette journée de juin.

On assistait au dernier cours de maths de l'année. Ça et la physique, c'est ce qui m'intéresse le plus. Je crois que j'aime parce que j'ai compris depuis longtemps que tout dans ce monde est une question de statistiques et de probabilités. La vie, ce n'est que du hasard, et le hasard, ce n'est rien d'autre qu'un tas de chiffres. C'est ce que je disais souvent à X : *T'as pas à te biler, X, t'es pas la seule dans ce cas. Vous êtes cinq cents chaque année à décider de ne pas élever l'enfant que vous avez mis au monde. Ça n'arrive pas qu'aux autres, et cette fois ça m'est arrivé, à moi. T'avais quatre risques sur mille que je tombe sur une famille pas géniale, vu qu'en France il y a soixante-cinq mille enfants maltraités sur seize millions d'enfants en tout. À cette loterie-là, t'as gagné, X, ton fils est bien tombé, il est heureux. Alors quoi ? Te bile pas, X, j'espère que ta vie s'est bien simplifiée sans moi et que t'es heureuse aussi. Moi, je sais pas combien j'ai de chances à ce jeu-là. Il n'existe pas de statistiques sur les adultes heureux...*

Le programme de maths de cette année était génial, avec des tas de démonstrations à faire, des tonnes d'équations et d'inéquations à résoudre, des enchevêtrements de courbes à tracer. Du bonheur en barres.

Dans la salle de classe, on n'était qu'une dizaine, parce que, passé le quinze juin, certains croient que c'est déjà les vacances. D'ailleurs mon grand pote Jason n'était pas là, certainement occupé à torturer un crapaud dans son jardin ou à cramer ses anciens JI Joe en plastique avec une loupe et des brins d'herbe. Parfois, il a encore des occupations de minot comme ça, et ça me fait marrer. Le coup de la loupe, on l'avait fait quelques jours auparavant, et je dois reconnaître que c'était aussi jouissif que de trucider un monstre dans un jeu vidéo. Le visage de la figurine dégoulinait peu à peu, se déformait, un vrai massacre. Je souriais en me demandant à quoi il s'occupait pendant qu'il séchait, et en attendant il n'y avait personne d'assis à côté de moi, vu que d'habitude c'était lui. Ç'a été le premier événement de l'effet papillon qui s'est ensuivi. Une place libre. L'effet papillon, c'est aussi la théorie du chaos : le battement d'ailes d'un papillon au Brésil pourrait provoquer une tornade au Texas. Sauf que, dans mon cas, rien ne s'est déplacé de continent en continent, mais juste en moi. C'est peut-être aussi vaste. Quoi qu'il en soit, si je m'étais mis à côté de Samuel, ou même du petit Tom, rien de tout cela ne me serait arrivé.

Le cours avait commencé depuis dix bonnes minutes. X, à ce moment-là, était encore une inconnue, mais une autre. Une qu'on pouvait élever au carré, balader d'un côté ou de l'autre du signe d'égalité, passer sur ou sous la barre de fraction. Je trouvais facile d'en faire ce qu'on en voulait de cette X-là. Et à la fin, j'ai découvert son nom. J'exultais. Cette fois-là, X s'appelait Y/3. Et c'était beau. À ce moment-là, la porte s'est ouverte. Le prof a soupiré :

– Très bien, asseyez-vous. Ce n'est pas au mois de juin que je vais vous faire un sermon sur la ponctualité.

Puis je ne sais pas pourquoi, personne ne saura pourquoi, mais il a ajouté :

– Allons, dépêchez-vous, là, à côté de Sablet.

Sablet, c'est le nom de Claire et Charles. Le mien aussi, par ricochet. Et voilà que je n'étais plus seul avec le carré de l'hypoténuse auquel je m'apprêtais à m'attaquer.

La retardataire s'est assise à côté de moi. C'est sans doute difficile à croire, mais c'était la première fois de l'année que j'étais installé à côté d'une fille. Je connais à peu près les prénoms des filles de la classe, puisque les copains en parlent. Ils disent : « T'as vu son derrière, à Machine ? » Mais ça leur arrive assez souvent d'être plus romantiques : « Bidule, elle a de ces yeux ! On dirait la mer. » Ça c'est surtout Jason, le gars qui a battu le record de chutes amoureuses. Il tombe amoureux plus vite que son ombre. Je l'écoute, Jason, ça me fait rire, mais tout ça est assez loin de moi. Les filles, je veux dire. Je n'ai jamais eu le temps de m'y intéresser. Pour moi c'est une espèce du type extraterrestre. Je ne comprends pas bien ce qu'elles font dans la vie, à part glousser et lire des trucs débiles. Je les vois un peu comme dans la brume, peut-être parce que je plisse instinctivement les yeux dès que j'en vois approcher une, par méfiance. Je distingue des formes, des bouts de peau nue, des gestes exagérés, tout ça accompagné d'odeurs sucrées écœurantes. Bien sûr, bien sûr, j'aimerais bien en toucher une, juste pour voir. Ça me titille depuis longtemps. Mais pour ça, il faudrait lui parler, faire mine de s'intéresser, passer le barrage de tous ces parfums artificiels, de tous ces vêtements compliqués, et ça me fatigue à l'avance.

Celle à côté de moi, j'ai donc décidé de faire comme si elle n'était pas là. Sûr qu'elle allait me poser des questions, me demander comment résoudre le problème, ou que je regarde comme il était beau son bracelet ou sa bague ou son piercing, ce genre de bêtises. Je ne lui répondrais pas. Et je me suis replongé dans mes calculs. Mais il est passé vingt bonnes minutes sans qu'elle me demande rien. Et tout ce temps-là, elle ne l'a pas passé à gribouiller son cahier avec des dessins de fleurs ou de cœurs ou de je ne sais quoi, mais elle a *vraiment* fait le travail. Puis elle a dit :

– Moi, j'ai trouvé ça. Et toi ?

Elle m'a montré un résultat sur sa feuille. Il n'y avait même pas de ronds sur les i, mais des points ordinaires. Son ongle n'était pas noir ni rouge, ni bicolore, mais rose. Et je n'ai pas retenu ma respiration en me penchant un peu vers elle. Elle sentait bon. J'ai répondu :

– Ouais, c'est juste.

– Comment tu le sais ?

– Parce que j'ai trouvé pareil.

Elle a eu un petit rire.

– Ah oui, alors ça, c'est une preuve.

Ses yeux étaient quelque chose comme mordorés.

Après, je n'y ai plus pensé.

C'est maintenant, après coup, que je me dis que j'étais vraiment aveugle, durant cette période-là. Il me semble bien que souvent elle était là, pas loin, peut-être même tout près, assise à côté. Devant la porte d'une classe, au CDI, dans le petit jardin d'à côté durant les heures de permanence, sur le rebord de la fontaine de la place de l'église, dans le même rayon du centre commercial... Je n'avais rien remarqué.

Il n'y avait presque plus de cours. Il faisait de plus en plus chaud. Les journées s'ouvraient devant moi comme de grands volets face à une vaste étendue. C'était assez vertigineux. Agréable.

Et toi, X, sur quoi s'ouvrent tes journées? pensais-je alors.

Je travaillais sur mon scooter. Jason était assis sur le coffre de la voiture de Claire et Charles, garée devant le garage puisqu'il n'y avait plus de place à l'intérieur, avec tout mon bazar. Il feuilletait un magazine de voitures sportives.

– Ouah, regarde celle-là !

– Mmmm... C'est une Jaguar.

– Mais non, la nana qui est assise sur le capot !

Il me montrait une fille avec des jambes d'au moins deux mètres, une crinière brillante qui tombait sur ses reins, un short et un tee-shirt riquiqui, et surtout des fesses et des seins incroyables. Bref, le genre de nanas qui n'existent pas dans la vraie vie.

– Ah ouais. Pas mal.

– Trop bonne... Tu sais quoi, je suis sûr que si Vanessa Frigoulet s'habillait comme ça, elle lui ressemblerait.

– Ouais, tu l'imagines se pointer comme ça en cours !

On s'est esclaffés. Claire est alors sortie de la maison. Ça nous a arrêtés tout net. Claire est une femme encore belle pour son âge. Et surtout elle s'habille avec classe. Il y a des mères, celle de Jason par exemple, qui s'habillent comme les filles du bahut. Je trouve que ça craint.

– Bonjour Jason, dit-elle.

– Bonjour madame.

– Léo, je vais faire les courses pour les dix jours où on ne sera pas là, Charles et moi. Tu veux quelque chose en particulier ?

– Comme d'hab.

Je n'osais pas dire devant Jason que le *comme d'hab,* ça voulait surtout dire une marque de céréales en particulier. Ça faisait un peu trop gamin. Mais Claire m'a adressé un clin d'œil discret.

– OK, Léo, message reçu.

Une fois la voiture démarrée, Jason a posé ses fesses sur mon établi et a chuchoté :

– Quoi ? Tu vas être tout seul pendant plus d'une semaine ?

– Ouais, ça fait des années que Claire et Charles n'ont pas pris de vacances tous les deux. Là ils ont eu une opportunité, alors ils en profitent. Ils vont à...

– Non mais Léo, t'imagines ! T'imagines la liberté ! On va organiser...

– Je t'arrête tout de suite, Jason. Ils me font confiance. Pas de fête, rien. J'ai pas envie de m'embêter avec ça. Dans tous les films où ils font ça, ça finit mal, pas vrai ? Et puis je vais te dire, j'en ai même pas envie.

– T'es vraiment pas drôle, Léo.

– Non, je suis pas drôle. Et tu sais quoi ? Je m'en fous.

– Et les filles ?

– Quoi, les filles ?

– Tu te rends pas compte ? T'as une grande maison rien que pour toi durant plusieurs jours, et tu vas pas en profiter ? Invite des filles !

– Tu délires complètement, Jason. Tu sais bien que je connais pas de filles.

– C'est l'occasion !

Jason est un rêveur. Plus que ça : fantasmer est pour lui un sport à temps complet. J'ai fini par le laisser faire. Il échafaudait plein de plans plus dingues les uns que les autres pour ces quelques jours où je serais seul. Mais moi, ce qui me faisait le plus plaisir, c'était d'imaginer dix jours où je pourrais me lever et me coucher quand je voudrais, écouter ma musique à fond, jouer aux jeux en réseau des heures entières d'affilée, manger à n'importe quelle heure et n'importe quoi. Et bosser dans mon garage le reste du temps. C'est tout. Et ça suffisait amplement à mon bonheur.

Le rêve

Claire et Charles sont partis deux jours plus tard. Ce n'était pas la première fois qu'ils me laissaient seul, même si ce n'avait jamais été aussi longtemps. À chaque fois ça s'était bien passé, alors ils partaient en confiance. Ils pouvaient. Pour tout dire, je ne voyais vraiment pas l'intérêt de se fourrer dans les ennuis. Rien qu'en traversant la route, je courais le risque de me faire renverser par un taré en voiture. Plein d'autres choses pouvaient m'arriver, comme me trouver sur le lieu d'un attentat, ou sur la trajectoire d'une balle perdue du voisin qui voulait viser le chien qui aboie sans arrêt dans le jardin d'à côté, ou une rupture d'anévrisme... Tout ça sans compter avec un geste malencontreux d'un des dirigeants du monde. *Oups, j'ai glissé sur le bouton rouge qui déclenche la bombe atomique...*

C'est certainement moi le seul gars de cette ville, que dis-je, du département à être né sous X, alors depuis longtemps je sais bien que ça n'arrive pas qu'aux autres. Je ne cesse de le répéter : non, ça n'arrive pas qu'aux autres. Inutile de tenter un diable qui est toujours là à nous épier. Si j'ai la moindre opportunité de rester au calme, sans danger, tranquille, croyez-moi, je saute dessus. Et c'est bien comme ça que je voyais ces dix jours.

Il n'y a qu'une seule chose que je n'avais pas prévue...

Il faisait si chaud qu'on avait pris l'habitude, avec Jason, d'aller tous les après-midi se baigner à la rivière. On connaît un endroit où il n'y a jamais personne, parce que, pour y accéder, il faut traverser durant cinq bonnes minutes des buissons de ronces et d'orties. Les orties, Jason et moi, on ne les craint plus depuis longtemps. Et puis, comme dit Charles, c'est bon pour la circulation du sang. Chacun prend sa mob et se rend dans le hameau voisin. On se donne rendez-vous à l'ombre d'un immense micocoulier, à côté du panneau qui annonce la sortie du bourg. J'arrive toujours le premier, je pose ma bécane contre le muret qui borde la route, je m'y assieds, et j'attends. À cet endroit, on n'est pas souvent dérangé par les voitures. Ils ont construit une autoroute, deux kilomètres plus loin en parallèle, et depuis il n'y a plus guère que les tracteurs qu'on voit passer là. Dans ce silence, j'entends la pétarade de la mob de Jason longtemps avant qu'il arrive. Mais pendant ce temps, une brise fait bouger les feuilles. J'aime bien écouter ce bruissement. *X, qu'entends-tu, toi, pendant ce temps-là?* me demandais-je invariablement.

Cette fois-là, je sortais à peine de mon rêve des feuilles qu'elle était là.

Oui, elle était là, assise, du côté opposé au micocoulier, comme si elle y avait été toute sa vie. Personne d'autre autour. Seulement elle et moi. Il n'y avait aucune raison pour que je ne continue pas à l'ignorer. Ce que j'ai fait. Ça n'avait pas l'air de la perturber le moins du monde. Elle restait assise comme ça. Peut-être qu'elle aussi attendait une copine. Au bout d'un bon quart d'heure – Jason a toujours du retard –, je n'ai pas pu m'empêcher de lui demander:

– T'attends une copine?

– Non.

– T'attends quoi?

– J'attends rien.

Cinq longues minutes encore.

– Qu'est-ce tu fous là alors ?

– Rien.

– C'est pas possible de rien faire.

– Si, c'est possible.

– Non, c'est pas possible. On fait toujours un truc, genre penser à quelque chose, ou à quelqu'un. Au moins ça. Me dis pas que tu penses à rien, là.

– Là maintenant non puisqu'on se parle. Mais avant, je pensais à rien.

À ce moment-là j'ai entendu le bruit de la mob de Jason.

– Voilà Jason, ai-je dit.

– Moi j'y vais. J'habite là, tu vois, dans la maison en pierres avec le moulin à eau. Salut.

J'ai rien répondu. Je regardais la maison au bord de la rivière, derrière moi. Je l'ai trouvée jolie. Et j'ai ajouté dans ma tête l'information que cette fille était beaucoup moins timide que ce qu'elle laissait paraître. Jason est arrivé, on s'est serré la main comme d'habitude, on est allés se baigner, et je ne lui ai pas parlé de la fille. J'ai juste réalisé en me baignant dans l'eau froide que j'étais incapable de me souvenir de son prénom, alors qu'on a été dans la même classe durant toute une année. Je dois vraiment avoir un truc qui cloche. Un truc qui bloque, comme les tables de multiplication que je n'ai jamais pu connaître.

Cet après-midi-là, avec Jason, on s'est bien marrés. On a trouvé un gros rocher duquel on pouvait sauter : l'eau était assez profonde juste en dessous. On a tenté plein de sauts et de plongeons. C'était extra !

Le lendemain, elle était encore là.

Peut-être juste un peu plus près de moi.

– T'es encore là, ai-je dit.

– T'es observateur, a-t-elle répondu.

– T'as rien d'autre à faire ?

– Non. Pas vraiment.

– T'as pas d'amis ?

– Si. Mais ils sont partis en vacances.

J'aurais pu lui proposer de venir se baigner avec nous, mais ça relevait de la science-fiction, une fille avec Jason et moi. Il aurait fallu que le monde s'écroule ou qu'un morceau du ciel nous tombe sur la tête pour que ça arrive, un truc pareil. En plus, je n'en avais vraiment pas envie. Jason, c'est un monde. Elle, c'en est un autre. C'est comme en chimie, il y a des choses qui ne sont pas miscibles. Il suffit juste de le savoir.

– Je me rappelle plus ton prénom.

– Je m'en doutais.

Je la regardais de biais. Je n'avais encore pas eu le courage de la regarder pour de bon, en face. Quand je lui parlais, je regardais la route. Je finissais par connaître les détails du goudron brillant, les gravillons qu'on y voyait emprisonnés, et même cette empreinte de chat, là, vers la droite. De biais, comme ça, je la voyais à peu près, mais pas en détail. Je ne sais pas. Rien à dire en particulier. C'était juste une fille.

– Alors ?

– Alors quoi ?

– Alors comment tu t'appelles ?

– Ah. Je m'appelle Xavière.

– …

– Ça te plaît pas, mon prénom ?

– Qu'est-ce que ça peut faire ?

– Si tu veux que ça fasse rien, ça fait rien.

Plusieurs minutes où on écoutait le rêve des feuilles.

– J'ai sommeil, a-t-elle prononcé dans un bâillement. Ça, c'est la chaleur.

J'ai senti qu'elle hésitait un peu. Elle a pris une grande inspiration comme je fais avant de plonger dans la rivière, puis elle a demandé :

– J'ai envie de m'allonger. Je peux mettre mes genoux sur tes cuisses ?

– Il est grand, le muret.

– Oui, mais là, il y a de l'ombre.

– D'accord.

– Si tu préfères, je mets ma tête.

– Je sais pas.

Décidément pas timide, la fille. Je voyais où elle voulait en venir : elle cherchait à ce que j'énonce une préférence. La tête ou les jambes ? Elle ne m'aurait pas comme ça. Je suis plus malin. Dire que je préférais l'un ou l'autre, ç'aurait été admettre qu'une partie d'elle me tentait. Or, rien ne me tentait. Non. Heureusement, on a entendu pile à ce moment-là le moteur de la mob de Jason, et elle est partie.

Mes journées seul avaient commencé de façon idyllique. Je me levais vers onze heures, je me rendais direct dans la cuisine pour manger mes céréales, je retournais dans ma chambre pour jouer un peu à *Warrior Epic*, et quand j'en avais marre, j'allais travailler sur mon Chappy, qui commençait à se réveiller sous mes mains, je retournais me faire réchauffer de la pizza, puis j'enfourchais ma mob et j'allais à la rivière avec Jason. Au retour je m'arrêtais à l'épicerie pour acheter des produits frais, des bonbecs, des trucs comme ça, et enfin je retournais chez moi pour faire ce que je voulais: le garage, les jeux en réseau, dormir, manger. Le bonheur total.

Claire et Charles m'appelaient chaque jour pour savoir si tout allait bien, et tout allait bien.

J'ai commencé à comprendre que quelque chose clochait le matin où mes céréales étaient molles au lieu d'être croustillantes comme j'aime. J'ai mis un moment à comprendre ce qui s'était passé. *Tu te rends compte, X, j'ai rêvé si longtemps que mes céréales se sont noyées.* Je n'avais même pas réalisé que j'avais dû rester un moment la cuillère en l'air, les yeux dans le vide. Des tas de choses dans ce style-là ont commencé à se modifier. D'abord ce qui avait rapport au temps. On aurait dit que celui-ci avait décidé de s'étirer. C'était peut-être un effet de la chaleur. En tout cas, n'importe quelle action que je faisais d'habitude en deux temps trois mouvements me prenait désormais un temps infini. D'autre part, je ne parvenais plus à jouer aux jeux en réseau. Je manquais de concentration, à tel point que je me faisais écrabouiller. Le pire, c'était mon scooter. Là, je ne comprenais vraiment pas. Auparavant, aller au garage était ma plus grande joie de la journée. *Tu te souviens, X?* Mais désormais, cela ne m'intéressait que moyennement. Je n'attendais que le moment de me rendre à la rivière. Sans doute parce qu'il faisait vraiment très chaud. Je ne voyais pas d'autre raison.

J'étais si impatient que maintenant je partais beaucoup plus tôt, même si notre heure de rendez-vous, avec Jason, n'avait pas changé. Il faut dire que je n'y comprenais plus grand-chose, aux horaires, tout ça.

Quelle que soit l'heure à laquelle j'arrivais, il ne me fallait pas attendre plus de cinq minutes pour qu'elle apparaisse.

– T'as réfléchi ?

– À quoi ?

– Eh bien, la tête ou les jambes ?

Elle avait de la suite dans les idées. Mais je devinais au tremblement de sa voix le courage qu'elle avait dû rassembler pour cette requête.

– T'as déjà envie de t'allonger ?

– Oui. Il fait chaud.

– C'est vrai.

– Alors ?

J'ai juste haussé les épaules. Et comme si j'avais répondu, elle a commencé à modifier la position de son corps, ce qui a eu pour effet de m'effrayer complètement. Je me suis raidi, mais j'ai fait celui qui ne ressentait rien. Flegme absolu. Elle a ôté la pince qui retenait ses cheveux, et elle a posé sa tête sur mes cuisses. Elle tremblait un peu.

Une tête de fille sur mes cuisses.

X, tu pouvais imaginer un truc pareil?

Heureusement que c'était la tête. Je pouvais me concentrer sur des détails autres que son corps. Si ç'avaient été ses jambes, j'aurais eu peur de ne pas maîtriser un truc comme du désir. Je me comprends. Là, ce n'était que la tête. Je me suis dit: «Y a pas de danger.» Elle était si près, tout près, que j'ai un peu regardé. Elle fermait les yeux. Alors j'ai eu plus de courage pour la regarder vraiment. Elle avait le teint clair, et un nez et une bouche et des oreilles comme tous les humains. Par contre, plein de cheveux châtains. Une masse incroyable de cheveux, qui partaient de son front bombé pour dégringoler sur mes genoux. Châtains ou roux? À certains endroits les reflets étaient roux. C'était comme une immense mer au soleil couchant, tout en vagues douces. Je n'avais qu'une envie, c'était d'y plonger ma main. Mais d'un seul coup, elle a ouvert les yeux. J'ai sursauté.

C'étaient les yeux mordorés. C'était le soleil couchant.

Elle a ri et j'ai pu voir des dents comme des perles.

Sans se lever, elle a dit – et le mouvement de sa voix a fait vibrer mes cuisses:

– Tu as la main en l'air.

Je l'ai rabaissée, pour la poser sur le muret.

– Tu avais envie de toucher mes cheveux.

– Oui.

– Tu peux le faire, tu sais.

Mais le moteur de Jason...

– Ben me demande ce qui t'arrive.

Jason était assis sur la rive, pendant que moi, je faisais la planche à la surface de l'eau. Le soleil se frayait un chemin entre les frondaisons, ça dessinait des ombres qui bougeaient. On était bien, là.

– Pourquoi il demande ça ?

– T'es toujours pas allé à la casse, alors qu'il t'a prévenu depuis trois jours qu'il avait une jante pour ton Chappy.

J'avais oublié. J'avais purement et simplement oublié.

– Ah ouais, je sais, j'ai pas eu le temps.

– Pas eu le temps, Léo ? Pas eu le temps pour ta bécane ?

J'ai expiré plein d'air pour me laisser couler. Durant quelques secondes, ça n'a été que du silence bourdonnant. *X, je pense des trucs de plus en plus bizarres.* J'ai nagé sous l'eau jusqu'au bord, et j'ai réémergé juste devant Jason, qui en a sursauté.

– T'es con, tu m'as fait peur.

Je me suis assis à côté de lui, et j'ai saisi un bâton pour jouer avec dans la terre.

– Y a pas que ça, a continué Jason.

– Quoi ?

– T'es pas comme d'habitude. Je sais pas... Pour commencer, tu m'as pas invité une seule fois chez toi, alors que t'es tout seul dans ta grande maison. Je sais pas, on aurait pu au moins se concocter une soirée vidéo. On a plein de films à voir. J'ai pris un film d'horreur qui a l'air d'enfer, à la médiathèque. Et puis j'ai copié des films de mon grand frère. Je suis sûr qu'il y a des trucs croustillants. Pour une fois qu'on peut les voir sans être surpris par des parents !

Il a ricané, avant de reprendre :

– Et puis... Déjà que tu parlais pas beaucoup, mais alors là...

– Alors là quoi ?

– Je sais pas, quoi, mais on pourrait parler, non ?

– De quoi ?

Un long silence. Je jouais avec mon bâton.

– Tu penses encore à elle ?

J'ai sursauté. Qu'est-ce qu'il savait à propos de la fille du muret ?

– Tu m'avais parlé d'elle il y a longtemps.

Mais je m'en souviens. C'est ça, les vrais potes. Apparemment, tu penses toujours à elle. Tu peux m'en parler, tu sais.

Il désignait ce que j'avais dessiné avec mon bâton. Un X. Avec trois fourmis qui couraient par-dessus.

J'en ai été saisi. Je n'avais pas du tout réalisé... Ce que j'étais en train de tracer dans la terre, inconsciemment, ce n'était pas X. C'était Xavière.

La danse de l'œuf

Le lendemain, je ne suis pas allé à la rivière. À la place, je suis allé à la casse pour récupérer la jante que Ben m'avait mise de côté.

– J'ai failli la revendre à quelqu'un d'autre. J'ai cru que t'étais mort, y a rien d'autre qui aurait pu t'empêcher de venir prendre une pièce pareille, avant.

– Avant quoi ?

– Avant je sais pas quoi. Y a que toi qui le sais. Tu te drogues ?

– Et si je me droguais, qu'est-ce que ça ferait ?

– Ça ferait que je te garderais plus de pièces. Je pourrais t'aider si tu me le demandais mais je te garderais plus de pièces. Les drogués font pas de bons mécaniciens. Ça vaut pas le coup de leur mettre des trucs de côté.

– Je me drogue pas.

– Je te crois. Tiens, ta jante.

X, il y a plusieurs drogues possibles. Je ne sais pas si la mienne est moins néfaste qu'une autre. Mais la plupart des drogues, on choisit d'y goûter, la première fois. On se met tout seul dans la panade. On a une responsabilité, quoi. Alors que moi, je suis tombé dedans sans que j'aie eu le temps d'y rien comprendre. Je ne suis plus moi-même. J'en oublie mes amis, mon scooter... et ma tranquillité. Plus rien n'est serein dans ma vie. Parfois, il y a une petite douleur, là. D'où elle vient ? Tout ça n'est pas rationnel.

Le soir, j'ai invité Jason à la maison pour regarder tous les films qu'il voulait.

Il est arrivé, deux boîtes de pizzas posées sur le plat d'une main, et une bouteille de Coca dans l'autre.

– Salut.

– Salut.

Même si on est contents de se voir, on n'en dit jamais davantage. On s'est installés dans le salon, sur de gros coussins étalés autour de la table basse. Il a sorti de sa poche une clé USB, et il l'a branchée sur le lecteur sous le grand écran. On a regardé quatre films d'affilée, en se gavant de chips, de Coca, de pizza. Le genre de soirée dont on rêve, avec aucun parent sur le dos occupé à nous faire avaler au moins une feuille de salade, ou à veiller à ce qu'on ne voie pas trop de scènes violentes et/ou dénudées. Dans les films choisis par Jason, il y avait un bon dosage de tout ça, je dois dire. Deux m'ont plu : un d'espionnage, et un autre plus drôle. Mais quelle que soit l'action, Xavière était partout. Coiffée d'un béret de la US Navy puis d'une blouse d'infirmière, ou d'une robe du soir à tomber. Alternativement triste, enthousiaste, drôle, touchante, émouvante. Toutes les expressions de la vie passaient sur son visage. Évidemment, en face d'elle c'était toujours moi. Chaque histoire racontait notre histoire, que je réinventais toujours. Chaque actrice jouait son rôle. Pendant les films qui me plaisaient moins, je m'en recréais un dans ma tête, avec toujours la même trame, les mêmes acteurs, mais à chaque fois avec des variations délicieuses.

Puis j'ai eu du mal à m'endormir. Un peu torturé. Sans doute m'avait-elle guetté cet après-midi-là. Elle ne m'avait pas vu. Déçue, elle ne viendra plus jamais. Belle comme elle est, elle aura sans doute été voir un autre gars. Je l'avais perdue. Sans aucun doute perdue. J'ai quand même fini par m'endormir, dans un sommeil peuplé de rêves étranges. J'ai d'abord rêvé de moi quand je devais avoir six ou sept ans. Je faisais de la balançoire. Ce que j'aimais à cet âge, je m'en souviens, c'était aller de plus en plus haut. On avait un portique dans le jardin, et l'un des pieds manquait de se déterrer lorsque j'exagérais. Je finissais toujours par craindre que tout ne vacille puis ne bascule. Et, bien sûr, moi avec. Mais dans ce rêve-là il arrivait autre chose. J'allais si haut que je quittais la planche de la balançoire. Je m'envolais. Un bref instant de joie, puis je disparaissais. Alors l'angoisse. Le néant. À la suite de ce rêve, un grand trou noir s'est ouvert, puis s'est peu à peu estompé. J'ai alors eu pleinement conscience des cercles du monde autour de moi pendant que je dormais, et en même temps se jouait dedans un film saccadé, à partir d'une comptine anglaise que Claire me chantait quand j'étais petit. Ça s'appelait *Humpty Dumpty*, un petit bonhomme en forme d'œuf que je voyais danser dans ma tête sur un muret. Et ça faisait :

Humpty Dumpty sur un muret perché,
Humpty Dumpty par terre s'est écrasé.
Ni les sujets du roi ni ses chevaux
Ne purent jamais recoller les morceaux.

Le lendemain, elle était là.

Sans me demander, elle a à nouveau posé sa tête sur mes cuisses. J'ai alors réalisé que c'était ce que je désirais le plus au monde. Qu'elle le fasse aussi naturellement me bouleversait. Il fallait que je le cache.

– Tu n'es jamais venu aussi tôt.

– C'est vrai.

– Hier, tu n'es pas venu.

– Oui.

Rien de ce qu'elle disait ne sonnait comme un reproche. Juste, elle constatait.

– La dernière fois, tu voulais me caresser les cheveux.

– Oui.

– Caresse-moi les cheveux.

Je n'en revenais pas de son aplomb. Cette fille qui avait l'air toute timorée...

– D'accord. Si tu fermes les yeux.

Je ne voulais pas qu'elle voie ma main trembler. Je l'ai soulevée, puis hésité longtemps audessus de la masse rousse et châtaine qui semblait vivante. Quelques fins cheveux bougeaient sous l'effet de la brise. Cette vie qui habitait la mer de sa chevelure, c'était le plus effrayant. Je me suis souvenu d'une autre histoire, qui imbrique d'ailleurs *Humpty Dumpty: Alice au pays des merveilles*. Il y a ce moment où elle est face au miroir. Elle n'a que deux choix: soit elle reste d'un côté du miroir, dans sa vie ordinaire, sans souci, tranquille ; soit elle passe de l'autre côté, où l'attendent des tas d'aventures extraordinaires, mais dangereuses, et où elle ne sera plus jamais peinarde. Je me sentais dans la même situation. Cette mer sombre de cheveux était mon miroir. Mais ai-je réellement choisi avec ma raison, lorsque j'en ai traversé la surface, inondé de bonheur?

Je prenais ma mob, et je filais à toute vitesse sur les petites routes de campagne. Je ne calculais plus dans ma tête, suivant les statistiques que j'adorais auparavant trouver sur Internet, les probabilités que j'avais qu'un arbre se jette sous mes roues. Ce genre de trucs, maintenant je m'en fichais pas mal. Ce qui importait, c'était le vent sur mon visage, l'ivresse de la vitesse, les odeurs des champs qui se succédaient. Le monde avait changé. Les couleurs avaient acquis une luminosité inégalée. Puis, quand je m'arrêtais, je posais ma mob et je marchais dans un champ de blé. Toute cette vie que je ne voyais pas avant! Tout ce mouvement. Insectes, plantes, fleurs, fruits existaient soudain. Pleinement. Le monde entier avait pris le rythme de la chevelure de la fille sur le muret. Tout battait en chœur avec son pouls. Les épis s'étaient peints de la couleur de sa peau. Et soudain, je sentais mon cœur battre. Et ma gorge se serrer. À en pleurer.

Je ne pouvais qu'attendre le lendemain. Ma vie en dehors d'elle s'est alors résumée à cela : attendre que je la voie. Une vie d'attente est insupportable. Lorsqu'on attend, on ne peut rien faire d'autre. Je n'entendais plus Jason lorsqu'il venait me parler. Il passait souvent devant chez moi et quand il voyait le garage ouvert, il se pointait. Mais moi, je restais assis devant mon Chappy, les yeux dans le vague, sans réussir à y toucher. Des heures durant, je restais allongé sur mon lit, à tenter de me souvenir du rêve des feuilles.

Puis le moment arrivait, avec son bonheur monstrueux.

– Raconte-moi qui tu es.

Je n'ai pas pu m'empêcher d'avoir un soupir comme un rire. J'avais ma main dans ses cheveux. Je les caressais dans un état que je tentais de maîtriser. Je crois que j'en avais assez de parler.

Je voulais aller plus loin. Maintenant que j'avais traversé le miroir, autant explorer plus avant le paysage. Beaucoup plus loin. Ce devait être fantastique. Mais elle insistait. De sa façon calme, elle a répété :

– Raconte-moi qui tu es.

– Tu sais qui je suis. Je suis Léo.

– T'es né où ?

– Je connais le nom de la clinique, mais ça t'avancerait à quoi ?

– Dans quelle ville ?

– Loin d'ici. Qu'est-ce que ça peut te faire ?

– Ça m'intéresse.

– Pourquoi ?

– Parce que c'est toi.

– Non. Moi, c'est moi. Je suis pas un lieu. J'y suis même jamais allé.

– Tes parents ne t'y ont jamais emmené ?

– Je ne connais pas mes parents.

Elle a fermé les yeux, et n'a pas bougé. Toujours le même tremblement dans sa voix, le tremblement du courage rassemblé, quand elle a dit :

– Si tu en as envie, tu peux m'embrasser.

– J'en ai envie.

– Alors qu'est-ce que tu attends ?

– Relève-toi.

C'était la première fois que je lui demandais de faire quelque chose. D'habitude, c'était elle. Elle en a ouvert les yeux de surprise, et s'est relevée. La couleur de ses yeux m'a fait mal. Il n'y avait qu'une chose à faire pour que cesse cette douleur. Pour ne plus les voir, pour ne plus rien voir, je l'ai attirée vers moi, et je me suis penché vers ses lèvres.

Xavière, j'ai fini par tout te raconter, ce qu'on peut appeler mon histoire. Au moment où je t'ai parlé de X, celle-ci a ressemblé à une bulle qui venait d'éclater. J'en contemplais l'humidité sur le sol. Tu m'as posé des tonnes de questions. Pourquoi je n'essayais pas de la retrouver. Savoir qui elle était. Quelles étaient mes origines. Xavière, comment te faire comprendre? Tout ça je m'en fous. Ce qui m'intéresse, là, maintenant, c'est toi. Xavière. Xavière. Xavière.

– Remonte! Remonte!

Jason me secouait le bras. Je suis revenu à la surface.

– Tu m'as fichu une de ces trouilles! Vraiment, t'es de plus en plus con, mon pauv'Léo. Moi, j'en ai marre de tes conneries. Je me casse. Tu peux faire une croix sur nos rendez-vous.

Jason est retourné sur la rive, il a rassemblé

ses affaires, n'a même pas pris le temps de se rhabiller et est parti. Furieux. Moi, je suis resté dans l'eau. Heureux, au fond, de cette solitude. *Xavière, tu entends, les feuilles rêvent encore. Que fais-tu en ce moment ? Penses-tu aussi à moi ? Je suis sûr que tu penses à moi. Demain, Xavière, je t'inviterai chez moi. On sera tout seuls dans cette grande maison. Tu imagines ? Comme si on vivait ensemble.*

– Tu viens ? Tu peux te mettre derrière moi sur ma mob, et on va chez moi.

– Pourquoi ? On est bien, là.

– T'as pas envie de voir comment c'est, chez moi ?

– Si.

– Alors viens. En plus, y a pas mes parents adoptifs. On sera tout seuls.

– ... Je dois juste prévenir mes parents. Je reviens.

Les feuilles chantaient pour moi pendant que j'attendais. Mais l'attente a duré. Duré. Au bout d'une heure, je me suis inquiété. J'ai réalisé que je n'avais même pas un numéro de portable, une adresse mail, n'importe quoi. Je me suis retourné, et j'ai regardé pour la millième fois depuis qu'elle était partie vers la maison au moulin.

J'ai pris ma mob, et j'ai décidé d'y aller voir.

Le village, à ces heures chaudes de la journée, était désert. La maison se trouvait à côté d'un ancien lavoir en pierre. Je me suis pointé devant la porte en bois, avec un heurtoir en métal. Mais je ne l'ai pas utilisé. J'ai frappé avec mon poing. Au bout du troisième coup, la porte s'est ouverte sur un vieux monsieur.

– Qu'est-ce que c'est ?

– Je voudrais parler à Xavière, s'il vous plaît.

– Il n'y a pas de Xavière ici. Et va faire de la mob plus loin, on tient au calme dans ce village.

La porte s'est refermée.

Xavière, où es-tu ? Que m'as-tu fait ?

Je suis retourné sur le muret, le lendemain. Et le surlendemain. Je suis resté longtemps assis là comme un idiot. Personne. Les feuilles du micocoulier se ternissaient. Le soleil se voilait. J'attendais, et cette attente creusait un trou de plus en plus grand dans ma poitrine. J'allais errer dans le bourg avec ma mob pour bien embêter le vieux, *et pour te montrer, Xavière, que je te cherchais*. Le reste du temps, j'aurais aimé que Claire et Charles soient là. Seul dans cette grande maison, avec cette douleur qui grandissait, c'était trop dur. Je me sentais m'enfoncer dans quelque chose de sombre et malsain. Je me trouvais à nouveau devant un miroir. Un autre. Soit je le traversais et continuais ce voyage dans des sables mouvants qui me paraissaient étrangement connus, soit je restais dans cette réalité-là, pour tenter de me sauver. Plus j'attendais, et plus un creux grandissait en moi. À vrai dire, j'ai eu peur, vraiment très peur et, dans un sursaut d'énergie, j'ai saisi mon portable.

– Jason... Je sais que t'es fâché, mais s'il te plaît, viens. J'ai besoin de toi.

– ... OK, j'arrive.

Je n'avais pas traversé ce miroir-ci. Il me restait à le briser pour de bon. Et retourner dans ma petite vie tranquille. Et trouver la force, et surtout la joie, de fignoler mon Chappy.

Le jour où j'ai déjanté

– Tu l'as embrassée ??? T'es pas allé plus loin ? Tu l'as pelotée ?

– Je voulais. Si elle était venue ici, j'aurais pu...

– La sal...

– Hé, maîtrise ton langage. J'aime pas qu'on parle d'elle comme ça.

– Ma parole, t'es grave amoureux. Tout s'explique...

Jason s'est mis à éclater de rire, ce qui m'a fait entrer dans une fureur incroyable. Je lui ai balancé un coussin en criant :

– Fous le camp si tu sais pas m'aider autrement qu'en te fichant de ma gueule !

– Ça va, ça va... Je connais, les chagrins d'amour, crois-moi.

– C'est pas pareil. Là, c'est grave. C'est pas comme tout le monde.

– On croit tous ça.

– Mais je comprends pas ce qui s'est passé. On était bien ensemble... Pourquoi elle m'a posé un lapin ? Pourquoi elle m'a menti sur l'endroit où elle habite ?

– Si tu veux mon avis, elle a eu peur. T'aurais pas dû lui demander si vite de venir chez toi. Elle se doutait bien que c'était pour que tu lui sautes dessus. Les filles, ça a l'habitude. Elles se protègent, en donnant de fausses adresses par exemple.

– Mais se protéger de quoi ? Je suis pas un monstre. Et on s'aimait... Je crois.

– Ça, mon vieux, c'est le mystère des filles : la trouille qu'elles ont à se faire du bien.

– Mais comment tu sais tout ça, toi ?

– Bah, l'expérience... Enfin, surtout l'observation.

On a éclaté de rire. Et malgré la douleur lancinante, je n'ai pas regretté d'avoir appelé Jason. Et surtout de l'avoir comme ami. J'étais heureux qu'il soit là, et surtout d'avoir quelqu'un à portée de mes paroles pour y déposer Xavière. *Xavière, si tu savais combien j'ai parlé de toi à Jason ! C'était comme si tu existais une seconde fois, puisque tu revivais entre Jason et moi. Parler de toi était un baume. Je t'en voulais à mort, mais moins que ce que je t'aimais encore.*

– Vu ton état, a déclaré Jason, t'as que deux solutions : soit tout faire pour l'oublier, soit tout faire pour la récupérer. Tu choisis quoi ?

T'oublier, Xavière ? Jason ne se rend pas compte. Tu es le gage de ma tranquillité. C'est comme ça maintenant que j'ai traversé le premier miroir. Pas le choix, faut que je fasse avec. Maintenant que c'est fait, faut assumer. C'est toi ou le néant, Xavière, tu comprends ça ? Je n'ai pas hésité une seule seconde.

Jason était ravi qu'il nous arrive enfin un truc qui sortait de l'ordinaire.

– Faut que tu lui montres que t'es un gars romantique. C'est ça qu'elles aiment. Elles détestent voir qu'on n'a qu'une envie...

– D'abord, faudrait que je la retrouve.

– Rien de plus facile. Rappelle-toi, elle était dans notre classe. Et moi, je les connais tous, les noms des filles de la classe. Ton amoureuse, elle s'appelle Xavière Bonnot. Je m'en souviens bien.

Je suis resté consterné. Ç'avait l'air si facile, de se souvenir d'un nom. Jason avait déjà sauté sur mon ordinateur.

– Les pages blanches sur Internet... Attends un peu... Voilà ! Ah, mince, des Bonnot, il y en a un paquet dans le coin.

Soudain, Xavière, je me suis souvenu de tes

paroles: Pourquoi t'essaies pas de la retrouver? Pourquoi t'essaies pas de savoir d'où tu viens? *Je voulais pas chercher. Savoir ne m'intéressait pas. Et maintenant, ironie du sort, c'est toi que je recherchais. Toi dont je connaissais le nom et le prénom pourtant. Xavière Bonnot. Où te cachais-tu? Pourquoi te cachais-tu? Pourquoi m'as-tu abandonné?*

À ce moment-là, ç'a été comme si une digue immense s'était brisée. Une vague, que dis-je, un tsunami de tristesse est venu s'échouer sur moi. Je n'ai pas pu retenir mes larmes.

– S'il te plaît, Jason, casse-toi.

Jason m'a regardé, a eu un mouvement vers moi, puis a reculé, et s'en est allé sans un bruit.

J'avais laissé tous les volets de la maison fermés, pour que la chaleur n'entre pas. Claire fait toujours comme ça en été. Mais maintenant, ça ressemblait plutôt à un mausolée. J'errais dans chaque pièce, à la recherche de quelque chose. Que pouvais-je trouver ici? Rien, rien de ce que je cherchais vraiment.

Alors je suis allé au garage. J'ai survolé tout mon matériel, puis mon regard s'est posé sur la jante pour ma bécane. C'était un vieux modèle, chromé. C'était vraiment une chance que Ben m'en ait trouvé une, vu qu'on n'en fabrique plus depuis des lustres. Je l'ai prise, et je l'ai rangée dans mon gros sac à dos, comme la première fois où je l'avais ramenée de la casse. Elle reposait sur la selle dans mon dos quand je me suis assis sur ma mob.

Je suis allé sur le muret. *Xavière, tu n'étais encore pas là*. J'ai sorti la jante et l'ai posée à mes côtés. *Là où d'habitude tu t'asseyais. Et j'ai tenté de retrouver le regard que j'avais avant avec toi, de voir ces mouvements que je ne percevais pas auparavant, que je ne percevais plus. J'ai alors vu toutes ces fleurs que tu aimais cueillir. Tu jouais avec leurs tiges*. J'en ai cueilli plusieurs. Beaucoup, même. Et je les ai passées dans les trous faits pour les boulons de la jante. Je les ai entortillées. C'était superbe. Ça avait les mouvements de ses cheveux sous la brise. J'ai contemplé mon œuvre. Longtemps. C'était comme une prière. Et je suis parti en la laissant là.

Puis je suis rentré. J'ai réfléchi. Réfléchir sans plus avoir sa tête, ça ne donne pas grand-chose de bon. Tout ce que je désirais, c'était franchir un seuil, n'importe lequel, *puisque cela ne pouvait plus être celui de ton corps ou de tes yeux, Xavière. Puisque tu m'avais abandonné, Xavière. Puisque tout souvenir de toi était brûlant.* C'était ça: je brûlais de l'intérieur, *et tu me faisais tellement mal que je te haïssais autant que je t'aimais.* J'ai réfléchi. Peut-être que je pouvais trouver de la drogue quelque part. De la vraie drogue, pour remplacer. Pour partir sans partir. Noyer l'idée de Xavière en moi qui n'était plus qu'un mélange d'acides. Mais je savais que la drogue, la vraie, c'était une bêtise énorme et dangereuse. J'ai ensuite pensé très fort au bar sous la télévision, dans le salon. Je voyais toutes les bouteilles que Claire et Charles sortent pour les apéritifs, lorsqu'ils reçoivent des amis. J'aurais pu prendre un verre et tout mélanger. Dans les soirées où je vais des fois, j'ai vu faire ça. Le gars appelait ça « un cercueil ». Il se mettait minable. J'aurais sans doute eu cette sensation si je l'avais fait: l'engourdissement dans tout mon corps, l'esprit qui se libérait d'un ligotage. Mais quelque chose me retenait. J'ignore quoi. C'était pas de la faiblesse, ou de la morale, ou parce que je suis « un bon p'tit gars ». Je m'en moquais bien de ce que pensaient les autres de moi. Je m'en suis toujours moqué, parce que tout s'est toujours passé entre moi et moi. Pour la première fois, une réelle inconnue, bien plus inconnue que X, s'interposait entre les murets de mon bien-être. Une inconnue qui n'était peut-être même pas une personne. En tout cas rien de physique. Une sorte de flux, ou quoi ? J'en savais rien. Mais il était inutile que j'ajoute à ça un flot d'alcool. Pas besoin. À la nuit tombée, je me suis entendu dire :

– Tu voulais une fête, Jason ?

Je suis descendu dans le garage, et j'ai eu dans l'idée d'essayer mon Chappy. Il pouvait rouler, à cet état d'avancement. Et il était vraiment plus classe que ma vieille mob. Pour les connaisseurs, en tout cas. J'ai fait basculer le portail, et j'ai démarré. Je n'ai même pas refermé derrière moi.

La route et la nuit s'offraient, elles deux, sans se dérober. Le phare de la bécane en découpait des cercles précis et mouvants. J'ai d'abord roulé sans but, le plus vite possible, sur les petits chemins que je connaissais par cœur, mais qui paraissaient étrangers, seulement éclairés par la lune en forme de parenthèse. Les champs sombres défilaient. J'avais envie de creuser le sol, de laisser une cicatrice là, entre les graviers. Mieux qu'une signature, une plaie. Le bruit du moteur m'empêchait de prendre conscience de toute la vie qui grouillait en terre, dans les herbes, à ces heures désertées par les humains. Il n'y avait que ma bécane et moi au monde.

J'ai braqué in extremis, pour éviter le pin qui ne s'était pas ôté de ma route. Je ne l'avais vu qu'au dernier moment. Un instant, je me suis imaginé en train de glisser sous mon Chappy, sur plusieurs mètres, arrêté par des sarments de vigne. Mais ce n'est pas arrivé, heureusement. J'avais conscience depuis longtemps que le monde était plus fort que moi. C'était lui qui pouvait me blesser, pas l'inverse, et j'avais toujours tout fait pour m'en protéger.

J'ai fait demi-tour, et me suis dirigé vers la maison de Jason. Ma bécane faisait du bruit, je le savais. Je n'ai pas éteint le moteur, sachant que j'emmerdais la totalité de la population, vu que par cette chaleur tout le monde dort les fenêtres ouvertes. Des lumières se sont alors allumées, et des injures ont fusé. Ils ne pouvaient pas voir que c'était moi. J'étais dans la pénombre, sous un platane. Les parents de Jason ont gueulé plus fort que les autres. Ou bien c'était parce qu'ils étaient plus près. Puis Jason est apparu. Je l'ai vu à sa fenêtre, torse nu, juste en calbute. Il ne disait rien, lui, il essayait juste de voir qui était l'enfoiré qui avait foiré sa nuit. Je lui ai jeté un petit caillou. Il l'a esquivé de justesse. Ça lui a mis la puce à l'oreille. Il est descendu. Une fois sorti, il a tâtonné dans l'obscurité. Il avait eu du nez : il s'était habillé.

– C'est toi ? Mais qu'est-ce que tu fous ? T'es malade ? Arrête ce moteur, ou sinon mon père va péter une durite.

– Non. Viens avec moi. On va chercher des filles.

– Quoi ?...

Jason a tenté de mieux discerner l'expression de mon visage dans la pénombre. Puis il a soupiré, a marmonné un OK, et est allé chercher sa mob.

Le mieux, c'était d'aller en boîte.

Je voulais à tout prix choper une fille. Je pouvais la ramener chez moi, vu qu'il n'y avait personne. On pouvait même en ramener plusieurs, avec Jason, et faire la fête dont il rêvait. On mettrait la musique à fond, on danserait, on boirait... On vivrait enfin, puisque la vie ça avait l'air de ne pouvoir rien être d'autre. Puisque rien dans le monde ordinaire ne paraissait vouloir me satisfaire. Je voulais m'étourdir. Partir dans d'autres yeux, dans un autre visage, d'autres miroirs moins mouvants.

Alors on a roulé dans la nuit jusqu'au *Crystal*, qui accepte les mineurs le vendredi. C'est une boîte de nuit perdue dans les champs, pour que le bruit ne gêne personne. Ça clignote de partout et de loin. Ce sont des néons qui grésillent comme dans les bouges déserts sur les autoroutes américaines. On y était déjà allés plusieurs fois avec des potes. À chaque fois je m'étais ennuyé. C'est pas mon truc, à moi, les boums-boums dans les oreilles, les lumières dans tous les sens et se sentir seul même avec les copains. Mais cette fois, ma propre solitude était trop forte pour me paraître minable. Elle était juste dévorante. Et je savais qu'ici il y avait des nanas. Plein. Surtout à cette heure-là, à la nuit déjà avancée.

J'ai payé l'entrée à Jason, qui me suivait d'un air un peu méfiant. Combien de fois m'avait-il proposé qu'on vienne là ? Des centaines de fois. Je n'avais jamais voulu. Il n'insistait même plus. Et je crois que ça lui allait. Je lui ai dit d'un air dur :

– Pas question de rester assis à attendre. T'en choisis une qui te plaît, tu lui parles et tu l'emballes. Il est temps qu'on se coltine à la vraie vie, mon pote. Y en a marre de rêver, tu crois pas?

La musique était si forte que j'ai dû hurler à deux millimètres de son oreille. Pas sûr pour autant qu'il m'ait compris. En tout cas, je n'ai pas entendu sa réponse. Alors on est juste restés à observer la piste de danse un petit moment, assis dans des fauteuils profonds, le verre offert avec l'entrée dans la main. C'était un truc amer que je me forçais à avaler.

Il y avait des filles qui se trémoussaient là, parmi les rayons de lumière. Jason m'a désigné une grande en short et bas résille. Mais c'était pour rire. Pas notre genre. Puis une brunette plus discrète en petite robe moulante mais pas trop. Elle dansait en fermant les yeux, doucement, absolument pas en rythme. J'ai poussé Jason du coude. Il a ricané et a plongé le nez dans son verre. Je l'ai regardé, méprisant. Et je me suis levé.

Je suis monté sur la piste, et j'ai commencé à danser juste devant la fille brune. Elle a relevé la tête et les paupières. Ses yeux n'étaient pas mordorés. Ils ne brillaient pas, mais son sourire s'est un peu allongé. Elle m'a laissé me rapprocher. Je savais comment embrasser maintenant, je pouvais emballer n'importe quelle fille. Alors pourquoi pas elle? Après, je l'aurais emmenée sur ma mob jusque chez moi, puis jusque dans ma chambre, et là j'aurais enfin pu voir ce que c'était. Enfin voir ce que c'était, *même si c'était sans toi, Xavière*. Je me suis encore rapproché. J'y croyais vraiment.

Puis soudain plus du tout. Je ne sais pas ce qui s'est passé. Soudain cette fille ne me plaisait plus, sans aucune raison apparente. Je l'ai plantée là, et suis retourné vers les fauteuils.

Jason n'avait pas bougé. Le seul qui, lui, ne bougeait pas, jamais. Ou rarement. Je lui étais soudain reconnaissant de ça.

– Viens, on se casse, je lui ai dit.

Et on est retournés fendre la nuit.

On s'est quittés sans une parole, Jason et moi.

Je suis rentré dans le garage, toujours ouvert et qui n'avait heureusement attiré aucun voleur. J'ai fait basculer le portail, cette fois-ci, puis je suis allé me jeter tout habillé sur mon lit. Je suis tombé dans un vertige où se bousculaient des statistiques fantaisistes de cas de mortalité sur la route, en mob, en état d'ébriété. Je n'avais bu qu'une gorgée d'alcool, mais c'était comme si j'avais ingurgité le contenu de trois bouteilles. Même sobre, j'étais une loque.

Xavière, qu'as-tu fait de moi?

J'ai mis longtemps à me réveiller, le lendemain matin. Je me sentais vraiment bizarre. Dès que je bougeais, le monde entier se mettait à chavirer. Lorsque je me suis senti mieux, j'ai pris ma mob pour retourner à la rivière. Cette fois, je ne suis pas passé devant le muret, dont l'existence même m'était devenue douloureuse. Je n'ai donc pas vérifié si la jante était toujours là. J'étais sûr qu'on l'avait piquée. Moi, c'était ce que j'aurais fait si j'avais vu une pièce aussi rare sur un muret. C'était vraiment stupide de l'avoir laissée là. J'ai caché ma mob comme d'habitude dans les buissons et j'ai traversé les ronces et les orties encore plus vite que les autres fois, sans sentir leurs griffures. Le lieu n'avait pas changé : une sorte de trou lumineux dans l'univers, constellé de moucherons, de moustiques et de petits poissons, bordé par des galets, des graviers, des plantes sauvages, des arbres penchés. Je me suis déshabillé, et je suis entré dans l'eau glacée comme si je ne pouvais plus sentir cette sensation-là, le froid, ni rien d'autre. D'ailleurs, je n'avais pas mangé depuis la veille à midi, et cela ne me faisait rien non plus. Faim, soif, froid, chaud, plus rien ne m'atteignait. Anesthésié de tout. Dans l'eau, j'étais bien. J'étais délesté de ce corps qui ne me servait plus à rien puisqu'il ne me transmettait plus aucun signal vital. Comme d'habitude, j'ai fait la planche en regardant les taches de soleil entre les feuilles. La surface de l'eau ondoyait entre le vert limoneux et la lumière. Tout était admirablement calme. Je m'enfonçais dans cette quiétude. Je m'enfonçais...

Une seule chose a soudain émergé de ma conscience et m'a fait enfin me secouer pour remonter à la surface. Une seule chose. Je me suis soudain rendu compte que mon corps était en forme de croix. En forme de X. J'étais sous X, un X qui pesait d'un poids immense sur moi, et aidait à m'enfoncer jusqu'au sol poisseux d'algues et de boue. Sans cette prise de conscience, sans la volonté de jeter ce X loin de moi pour m'en libérer, je me noyais.

Une fois rentré, les cheveux encore mouillés, tremblant, j'ai appelé Claire et Charles. *Clairécharles*. Une lucidité amère s'était saisie de moi. *Clairécharles,* cette entité qui m'avait aidé à grandir, grâce à qui mon enfance avait été ordinaire, ne suffisait plus. Ils avaient joué leur rôle jusqu'au bout, ils allaient continuer, mais maintenant j'avais besoin d'autre chose. Je me détachais d'eux, ou plutôt ils devenaient eux-mêmes sans moi dedans. Des personnes que j'aimais, mais ne me contenant plus. C'était effrayant. Je devenais errant. Il me fallait deviner quel chemin prendre sans eux, et pour devenir quoi. Xavière avait été un chemin, j'y avais trop cru, m'y étais trop accroché. En Xavière je m'étais trop injecté. Voilà pourquoi j'étais perdu, maintenant qu'elle n'était plus là. Si je ne changeais rien, j'allais passer une existence à aimer jusqu'à me perdre, je le sentais bien. Une existence perdue.

Je refusais cette idée. J'avais tellement d'autres choses à faire. Retaper mon Chappy, par exemple. Claire a répondu.

– Tout va bien, Léo ?

– ...

– Léo ?

– Oui... Je voulais juste savoir... Je vous ai jamais demandé, à toi et à Charles...

– Quoi ?

– ... Y a pas moyen de savoir qui elle était ? Qui elle est ? Pourquoi elle m'a laissé ?

Un long silence a suivi mes paroles. Moi, je restais là, affalé dans mon fauteuil, dans un coin du salon sombre, les dents qui claquaient malgré la chaleur, et ma main blanchissant à force de serrer le téléphone. Claire a eu une longue inspiration, puis elle a dit :

– Oui. On se demandait quand est-ce que tu nous poserais cette question, Léo. Mais oui. Tu peux avoir des informations en contactant la Dass, la Direction de l'action sanitaire et sociale.

Un silence.

– Ça va, Léo ? Tu veux qu'on rentre ?

– Non. T'inquiète pas. Ça va. Juste…

– Juste ?

– Juste, je crois que si je découvre pas ça, je pourrai jamais aimer correctement.

J'ai dit ça très très doucement, mais elle a quand même entendu.

– Je vois, Léo. Mais tu nous aimes d'une façon formidable, tu sais.

– Je sais, Claire.

– Je vois ce que tu veux dire, Léo. On rentre dans quelques jours. Ça ira ?

– Ça ira.

– Tu trouveras leurs coordonnées sur Internet. On s'est renseignés depuis longtemps : tu peux le faire sans être majeur, avec notre accord. Et dès qu'on revient, on t'aidera autant qu'on peut. Je te le promets, Léo.

– OK, Claire.

J'ai noté ce qu'elle a dit et j'ai raccroché, parce que ma gorge se serrait. J'ai pleuré longtemps, après ça.

Peut-être que c'est mieux si je t'oublie, finalement, Xavière. Vaut peut-être mieux. Sinon, je serai toute ma vie prisonnier, comme je l'ai été de X. Je peux pas passer ma vie à parler à des fantômes. Faut que je devienne moi. Léo. Que mes pensées ne s'adressent à personne d'autre qu'à moi-même. Pardon, Xavière, mais faut que je te dise adieu. Tuer l'idée de toi. J'ai alors réalisé que ce que j'avais fait de la jante, ça ressemblait plus à ce qu'on met sur les tombes qu'à un cadeau.

Jason est réapparu deux jours plus tard. Claire et Charles devaient rentrer le lendemain. J'avais retrouvé le goût de bosser sur mon scooter, même si je gardais mon cœur en bandoulière. Ce qui me donnait le courage de continuer les gestes du quotidien, c'était le contact que j'avais eu avec les services concernés de la Dass. Une dame m'a expliqué que, souvent, les mères accouchant sous X laissaient quelque chose, quelques mots, des indices, qui expliquaient, si ce n'était leur identité, au moins la raison de leur geste. Et eux, dans ce service, ils pouvaient retrouver ça. Il fallait que je remplisse un formulaire, et que Claire et Charles ajoutent leur accord. Ensuite, des gens chercheraient pour moi. X m'effrayait de plus en plus à mesure qu'elle prenait la possibilité de devenir concrète. L'avantage, c'était que de cette façon je pensais moins à Xavière.

J'étais triste d'avoir abandonné ma jante. C'était ce qui me manquait pour faire de mon scooter un modèle unique: des chromes de ce genre-là. J'étais en train de me lamenter à ce propos quand Jason est apparu dans l'encadrement de la porte du garage.

Comme si rien, absolument rien ne s'était passé, il a dit:

– On va à la rivière?

Je lui ai souri, en me disant que j'avais beaucoup de chance d'être aussi bien entouré.

J'étais loin de me douter.

On se suivait en mob, empruntant notre chemin habituel. On a traversé le bourg, et là, j'ai failli faire une embardée, par surprise. Sur le muret se trouvait Xavière. Xavière, ma jante fleurie posée à ses côtés.

On était trois maintenant sur le muret, à l'ombre de l'immense micocoulier. Xavière n'avait toujours pas dit un mot. Elle se contentait de me regarder avec un petit sourire, que je ne savais pas déchiffrer.

– Tu vois, je l'ai retrouvée, a fanfaronné Jason. C'était pas facile, je dois bien dire. Fallait du courage. J'ai appelé tous les Bonnot du coin, en demandant s'il y avait une Xavière qui habitait chez eux. Et puis bingo. Heureusement, parce que je commençais à croire que tu l'avais rêvée, toute ton histoire avec cette fille!

Jason a ri mais je ne parvenais pas à l'accompagner dans son allégresse. Xavière restait calme, mais les joues très roses. J'ai fini par réussir à articuler:

– Pourquoi t'es pas revenue?

Pour toute réponse, elle a haussé les épaules.

Elle avait du mal à parler, ça se voyait. Alors Jason a tenté de voler à son secours:

– Peut-être que ce sont ses parents qui l'ont empêchée de sortir quand ils l'ont vue avec toi? Y en a qui veulent pas que leur fille fréquente les garçons. C'est ça, non?

J'interrogeai Xavière du regard.

– Non..., répondit-elle. Mes parents sont cool...

– Alors quoi?

J'avais du mal à la suivre. Elle fuyait mon regard.

– Je sais pas, a-t-elle ajouté, confuse. Faut pas toujours essayer de tout comprendre.

C'était à moi qu'elle disait ça... Jason et moi, on s'est regardés. Je crois qu'il avait trouvé la bonne raison, la dernière fois, quand il a dit qu'elle avait eu peur. Je ne pouvais sans doute pas lui en vouloir, j'avais certainement été trop brusque. D'un autre côté, c'était elle qui s'était quasiment jetée sur moi, alors je ne comptais pas la laisser s'en tirer à si bon compte. Mince, j'en avais bavé !

– Alors, tu n'habites pas la maison au moulin ? Tu m'as menti ?

– Si, bien sûr que c'est ma maison !

– Pourtant y a un vieux qui m'a ouvert et qui m'a dit qu'aucune Xavière n'habitait là.

Elle a tressailli, puis a planté son regard de coucher de soleil dans mon regard. Il était limpide.

– Léo, a-t-elle dit, je te demande de m'excuser. J'ai été stupide de ne pas revenir. Je sais pas pourquoi. J'avais honte. C'est compliqué. J'avais peur de ce qui allait arriver. Je voulais pas me retrouver chez toi, nous deux tout seuls sans tes parents. Tu te rends pas compte... Après, j'ai eu un peu honte. J'osais plus te revoir, parce que j'avais pas vraiment d'explication. Si tu veux la vérité...

– Ouais, j'aimerais bien.

Jason, à côté, se tortillait. Il aurait aimé être ailleurs : cette conversation le gênait. Mais il n'osait pas bouger. Xavière a continué :

– En fait c'est moi qui ai dit à mon grand-père de te répondre ça... Puis un jour, Jason a appelé. Il m'a expliqué, pour toi.

– J'ai tout raconté, sans mentir, est intervenu Jason. J'ai dit que t'étais malheureux comme les pierres.

– Mais t'es fou ! me suis-je rebellé.

– Non, il a eu raison. Je suis retournée ici après ses explications, mais tu n'y étais pas. J'ai compris que c'était pas bien, ce que j'avais fait. Tu sais, des fois, j'ai envie de voir si je peux plaire, je suis contente quand je plais à un chouette garçon comme toi. Mais je veux pas aller plus loin. C'est tout. C'est difficile à faire comprendre aux garçons, ça...

Jason et moi n'avons rien répondu. Dans nos têtes s'analysaient des tas de choses sur les garçons et les filles, leurs envies, leurs besoins, leurs essais, leurs peurs, leurs différences... Et les malentendus douloureux. C'était si compliqué que je décidai de ne retenir qu'une chose: Xavière trouvait que j'étais un chouette garçon.

Quoi qu'il en soit, j'étais vraiment reconnaissant envers Jason. J'avais presque envie de l'embrasser. Le devinant, il était rouge jusqu'aux oreilles. Mais enfin, tout de même, j'avais encore plus envie d'embrasser Xavière.

– Dans cette histoire, s'est mise à rigoler Xavière, j'ai gagné un superchapeau!

Elle a soulevé la jante. La jante miraculée, restée plusieurs jours dehors sans que personne la fauche. Alors on l'a aidée à la poser sur sa tête, la maintenant chacun d'une main, et je me suis aperçu que mes fleurs, désormais fanées, se mêlaient à d'autres, toutes neuves, qu'elle venait sans doute de mettre. Elles coulaient sur son front, ses cheveux. Jamais je n'ai trouvé une jante de cyclo aussi belle.

J'ai pourtant attendu plusieurs jours avant de l'embrasser. Xavière, je veux dire, pas Jason. La comptine *Humpty Dumpty* ne cessait de chanter dans ma tête, et j'avais peur de me briser à nouveau. Ce dont j'avais pris conscience, c'était que j'étais fragile. C'est difficile à admettre pour un gars. On n'arrête pas depuis l'enfance de nous dire qu'on doit être aussi forts que Superman ou tous ces superhéros. Quand on a mal sans coup physique, on ne comprend rien de ce qui nous arrive. On ne veut pas y croire, tout simplement, ce qui nous fait faire plein de bêtises pour imaginer que c'est autre chose de plus réel. Alors, avec Xavière, je devais faire attention. Franchir les seuils en douceur, sans me presser. Je comprends mieux les filles, maintenant, qui ont peur d'aller trop vite en besogne. Ce n'est pas anodin, tout ça, les baisers... Et aller plus loin encore, ça doit être pire. Mieux et pire, si l'on ne fait pas attention. Ce sont les miroirs d'Alice qu'on traverse, et il faut être drôlement fort pour réussir ensuite à se diriger dans les paysages qui sont derrière.

Claire et Charles sont revenus plus tôt que prévu. Mine de rien, mon coup de fil bizarre les avait pas mal inquiétés.

Claire a presque sauté de la voiture en marche, en me voyant dans le garage, comme toujours. Elle a presque couru vers moi. Et elle m'a presque pris dans ses bras. Mais elle ne l'a pas fait. Elle m'a regardé, les bras ballants et les larmes aux yeux.

– 'lut, j'ai fait, l'air de rien, tout en continuant à resserrer un boulon.

Un petit moment est passé, durant lequel Charles a rejoint Claire, une fois la voiture garée. Comme ils ne disaient pas un mot, j'ai posé ma clé de douze et je me suis approché doucement d'eux. Je suis resté devant eux à les regarder. Je n'osais pas le faire moi-même mais j'ai juste un peu levé les bras pour leur indiquer qu'eux, ils pouvaient. Alors, ceux qui ont joué le vrai rôle de parents durant toute ma vie m'ont pris dans leurs bras.

Ils étaient rassurés de me voir entier. Leurs yeux demandaient ce qui avait bien pu se passer durant leur absence. Je voyais dans ceux de Claire que j'allais devoir la rassurer, pour qu'ils osent à nouveau prendre des vacances sereinement, tous les deux. Ils m'ont serré comme si j'étais revenu d'un périple en plein cœur de la forêt amazonienne. Puis on est allés dans le salon, toujours sans bruit. Ils m'ont servi un jus d'orange, avant de s'asseoir sur le sofa, tous deux côte à côte. Ils m'ont raconté leurs vacances, maladroitement, se coupant la parole l'un l'autre, avec des sourires. J'écoutais poliment. Puis, peu à peu, ils ont commencé à me poser des questions, d'une voix très douce. Ils y allaient délicatement, j'ai bien senti. Je répondais d'assez bonne grâce, mais je ne leur ai pas tout raconté. Je n'ai pas parlé de Xavière.

Le lendemain, on a rempli le formulaire pour la Dass. Ils m'ont promis de tout faire pour que les recherches soient aussi rapides que possible.

Quinze jours plus tard, Claire m'a tendu, en tremblant un peu, et un petit sourire aux lèvres, une enveloppe qu'elle venait de trouver dans la boîte aux lettres. C'était la Dass.

Je me suis isolé dans le garage pour ouvrir la lettre, adossé à mon établi. Mes outils semblaient me couver. Le Chappy, silencieux, immobile, m'encourageait par la brillance de ses chromes.

J'ai ouvert l'enveloppe en tremblant.

J'ai finalement dû m'asseoir sur les dalles bétonnées, parce que mes jambes ne me portaient plus. Plusieurs documents se trouvaient là. J'ai inspiré fort tout en saisissant la première feuille, très fine, d'une liasse. Je l'ai dépliée. Elle était couverte d'une écriture irrégulière mais appliquée, ronde, au stylo-bille bleu. Avec des ronds sur les *i*.

« Cher bébé qui n'en sera plus un quand tu liras cette lettre, si jamais un jour tu la lis,

« Je m'appelle Sophie. J'ai seize ans. Je suis enceinte de huit mois et j'ai pris ma décision. Je ne peux pas te garder. Je suis encore au lycée, et je n'ai pas d'argent. Je sais que tu seras un garçon. J'espère que tu vas me comprendre quand même. Ton père (ça me fait drôle d'écrire ce mot-là), je peux te dire qu'il était beau, et gentil, mais je ne l'ai connu qu'une soirée en été. J'étais superfière qu'il aille avec moi, parce que toutes mes copines le trouvaient très cool, ce soir-là. Il me plaisait vraiment, alors je l'ai suivi. Mais tu ne devineras jamais (ça me fait encore plus drôle de te dire tu), je n'ai même pas pensé à lui demander son nom, et je ne l'ai plus jamais revu.

« On n'a pas fait attention. On a été stupides pour plein de raisons pas valables. Ç'aurait pu être bien pire, mais en fin de compte je ne suis "que" tombée enceinte. C'était quand même un truc énorme. Tellement que je n'ai pas voulu le croire. Quand je n'ai pas eu mes règles, je ne me suis pas inquiétée. J'ai seulement cru que c'était un mois comme ça. Pourquoi est-ce que je devais surveiller ça ? Je m'en fichais, moi. Les règles ça m'embêtait quand ça venait et c'était tout. Et surtout je pensais que c'était le genre de choses qui n'arrivait qu'aux autres. Mais non, ça n'arrive pas qu'aux autres. Seulement, quand je l'ai compris, c'était déjà trop tard. L'avortement était impossible. Le ciel m'est tombé sur la tête quand on m'a dit ça, au planning familial. J'ai crié et j'ai pleuré là, devant tout le monde. C'était comme me retrouver devant un mur très solide, très haut, très menaçant. Derrière, c'était noir. J'avais envie de mourir.

« Je ne suis pas morte. Et tu grandis dans mon ventre. Il faut que tu saches qu'à aucun moment je ne t'ai détesté, toi. Au contraire. Ce que je maudis, c'est la situation. Son injustice totale. Toi, tu es le plus innocent de tous. Et ce qui est encore plus étrange que tout à dire, c'est que je t'aime.

« J'ai vraiment envie de t'offrir une vie meilleure que ce que je pourrais toute seule. J'ai envie que tu grandisses avec des gens bien, qui pourront te donner tout ce que tu veux. Peut-être que ce seront des gens très riches. Qui sait ? Parfois je rêve de toi, déjà adulte, et vêtu avec de somptueux vêtements comme les princes, t'exprimant comme dans un livre. Ce ne sera peut-être pas à ce point, mais je ne veux pas que tu sois privé de quoi que ce soit, et surtout pas des chances de t'élever dans ce monde, tu comprends ? Je ne veux pas que tu vives dans la galère, par ma faute. J'ai fait assez d'erreurs comme ça. Je ne veux pas que tu payes pour ça. Que moi je paye, c'est suffisant.

« Je paye, parce que c'est vraiment dur l'idée de me séparer de toi. C'est même déchirant. Je pleure au moins une fois par jour. Je te sens bouger, là, dans mon ventre.

« Mais ma décision est prise. Si je te garde, en plus, mes parents vont me mettre à la porte. Ils ont déjà failli le faire quand je suis tombée enceinte. Comment je vivrais, toute seule, à mon âge, avec un bébé ? Je ne vois pas d'autre solution. Je sais, il y a des foyers, ce genre de choses. L'assistante sociale m'a tout expliqué. Mais je n'ai pas le courage. Je suis peut-être lâche, mais c'est comme ça, je veux rester bien tranquille chez moi. Pourquoi est-ce que je n'en aurais pas le droit? C'est déjà suffisamment difficile comme ça... En même temps, ne pense pas que ma décision ne repose que sur le comportement de mes parents. Je pense aussi que j'ai plein de choses à vivre, importantes pour moi, qu'à mon âge on ne peut pas vivre avec un enfant. J'espère que tu ne vas pas me trouver trop égoïste. Et puis j'aimerais avoir un enfant au moment où je serai vraiment prête. Et j'aimerais surtout qu'il ait un père. Toi, avec moi, tu grandirais sans père, et avec une mère trop jeune. Tu crois que ce serait un cadeau, ça? Moi, je ne crois pas.

« Je te joins à cette lettre quelques photos de moi. Je me suis dit que tu aimerais bien me voir à chaque âge, peut-être pour comparer avec tes propres photos. Ça peut être important pour toi de savoir si ton nez, par exemple, te vient de moi ou de ton père. Tu ne pourras le savoir que par élimination. Le dernier portrait a été pris le jour de mes seize ans, il y a deux mois, dans un Photomaton. Tu trouveras aussi des photos de mes (nos) échographies, ainsi qu'une photo de mon gros ventre, et aussi de mes pieds enflés! J'ai dans l'idée d'écrire le journal de la fin de ma grossesse. Je pourrai comme ça te raconter des choses légères pour changer, comme la première fois où tu as eu le hoquet dans mon ventre. Qu'est-ce que c'était drôle ! J'ai rigolé toute seule pendant une heure, avant de fondre en larmes.

« On m'a dit que tu pouvais, toi aussi, m'écrire ou me laisser des photos. Tu fais comme moi, tu les déposes dans un dossier, et ensuite on me demandera si je veux en prendre connaissance. Je ne sais pas du tout ce que je déciderai à ce moment-là. Je ne peux pas te le dire, j'en suis désolée. Peut-être que ça me fera trop de mal. Peut-être que j'aurai peur que ça bouleverse toute ma vie. Je ne sais pas ce que je serai devenue. Je n'en sais rien. J'espère que tu ne m'en voudras pas.

« Il y a une question plus urgente que je me pose, parmi toutes celles qui se pressent dans ma tête. Le moment de ta naissance va bientôt arriver et je l'appréhende beaucoup. Je fais ça par amour pour toi, mais comment je peux me préparer au mieux à ça ? Je me demande s'il serait sain pour moi de te voir, et de te tenir dans mes bras après l'accouchement. Est-ce que je dois plutôt te laisser partir directement avec l'infirmière ? Je ne sais vraiment pas. Je ne sais toujours pas ce que je vais décider pour ce moment-là, mais je veux que tu saches que, quelle que soit la façon dont ça va se passer, je t'aime très fort, mon bébé, et j'espère que tu seras superheureux avec des parents extra.

Sophie »

Mon visage était baigné de larmes en lisant la dernière phrase. Tout mon corps semblait palpiter au rythme de mon cœur, du cœur de Sophie aussi peut-être, c'était comme si je l'entendais. Mais il n'était pas brisé comme lorsque j'avais cru perdre Xavière. Non, il me semblait plus entier que jamais. Douloureux quand même, parce que gros d'un milliard de larmes retenues, dont je n'avais même pas conscience auparavant. Je ne savais pas comment j'allais libérer ça. Ça ne pouvait pas être d'un seul coup. Immense en tout cas, mon cœur. J'ai regardé les photos. C'étaient les mêmes cheveux châtains que moi, épais. Les mêmes yeux bleus. Elle était mince, et jolie. Sur la photo de ses seize ans, elle ressemblait à des filles de mon école. Ça m'a vraiment fait drôle. J'ai pensé quelques secondes à Xavière (et particulièrement à l'une des phrases qu'elle avait prononcées: *J'avais peur de ce qui allait arriver*). J'ai alors réalisé que ma mère biologique était à peine plus âgée que nous, lorsqu'elle m'a eu. Ça ne devait vraiment pas être facile pour elle. Je ne sais pas ce que j'aurais décidé à sa place. Ce qui était sûr, c'était qu'elle avait réussi son coup: j'avais été élevé par des parents sympas, et je n'avais été privé de rien. Je me suis dit qu'elle aimerait peut-être bien savoir ça. Qu'elle ne m'avait pas abandonné pour rien.

Je me suis tout de suite demandé quelle décision elle avait prise, en fin de compte, concernant ce fameux moment qu'elle appréhendait tant. C'était encore un autre mystère, soudain très important pour moi, à élucider. Cela m'a déstabilisé, mais seulement une minute, parce que, dans l'enveloppe, se trouvait une feuille différente des autres, avec l'en-tête de la clinique où je suis né. S'y trouvaient quelques mots inscrits par la sage-femme qui avait aidé à l'accouchement. Une seule petite phrase :

Le bébé a reçu son tout premier câlin par sa mère biologique, juste après sa naissance.

Dans mes rêves, désormais, je ne quitte plus la planche de la balançoire. Mais je vais toujours aussi haut. Il n'y a plus de disparition dans les nuages, simplement parce que X ne s'appelle plus X. Elle n'a pourtant pas laissé de nom de famille. Peut-être que je pourrais le découvrir, si je faisais des recherches. Il y a toujours le mot « abandon » qui plane devant elle, Sophie, ma mère, mais maintenant existent des tonnes de raisons l'expliquant. Et tout cela fait qu'elle a acquis une forme réelle en moi. Une existence autre qu'un fantôme. Elle existe quelque part, en personne de chair et de sang. Je sais qu'elle a un nom, un prénom, et une vie en dehors de moi. Je sais qu'elle ne peut s'empêcher de penser à moi parfois, et j'aimerais qu'elle sache que je suis devenu un mec bien. Ma mère biologique ne peut plus s'appeler X.

X, j'ai fait une croix dessus. Elle est désormais beaucoup plus qu'une inconnue.

J'ai repris mes excursions à la rivière avec Jason, les rendez-vous avec Xavière, toujours sur le muret, puis peu à peu en ville, au cinéma, et même chez moi en présence de Claire et Charles. La rentrée est proche. Les potes, le lycée, les cours, les devoirs, la vie entière va reprendre son cours, mais tout sera différent, grâce à ce que je sais désormais. Le plus important, c'est de savoir que ma mère biologique m'aimait, et que c'est parce qu'elle m'aimait qu'elle m'a abandonné. Ce sont des choses qui arrivent, dans la vie. Maintenant, je le sais. C'est un risque à prendre. Alors peut-être qu'on m'abandonnera encore par amour. Qui sait ? Inutile d'en avoir peur. Il faut juste en retenir l'amour. L'important, c'est que cette jeune fille qui m'a abandonné m'a d'abord porté dans ses bras. Je l'imagine, des larmes sur les joues durant ce moment-là. J'imagine son regard. Et alors ce n'est plus pour moi que j'ai mal, mais pour elle. C'est une différence énorme.

Il m'arrive souvent de relire tout ce que m'a écrit Sophie, juste avant que je naisse. C'est drôle, c'est triste, toujours bouleversant... En tout cas empli de sentiments contradictoires. Elle y décrit sa grossesse, son angoisse, ses découragements, ses pleurs, les rendez-vous chez le médecin, les rapports avec ses parents. Mes grands-parents... J'y ai appris qu'elle avait un frère et une sœur, plus petits qu'elle. Mon oncle et ma tante... Puis cela s'arrête brutalement, jusqu'à cette phrase de la sage-femme. Jusqu'au premier câlin. Mon tout premier câlin. C'est comme si, simplement en connaissant l'existence de cet instant, j'avais la mémoire de la chaleur des bras de ma mère. Je m'imagine qu'à ce moment-là, alors qu'elle me tenait sur son ventre, Sophie pensait : *Au revoir, bonne route, sois heureux, et aime comme il faut.* Ça me réchauffe tout entier.

Maintenant, contrairement à avant, j'ai envie de savoir plein de choses. C'est comme si quelque chose s'était débloqué en moi. Ou comme si le miroir d'Alice s'était brisé pour de bon. Désormais, je n'ai plus à me demander si je vais le traverser, parce que le paysage derrière est bien visible. Il se déroule calmement devant moi, et j'ai envie de parcourir et questionner toute son étendue. Est-ce que j'ai des frères et sœurs ? Quel est le son de sa voix ? Est-elle heureuse ? Où vit-elle ? Pense-t-elle souvent à moi ?... Les questions sont innombrables.

Mais pour l'instant, j'ai encore plus envie qu'elle sache que je sais tout ce qu'elle a bien voulu me faire savoir, que j'ai lu sa lettre, et vu à quoi elle ressemblait. Seulement cela. Elle se mettait à ma place, lorsqu'elle était enceinte de huit mois. Je peux aussi me mettre à sa place, même si je ne l'ai jamais vue en vrai. Et je crois qu'à sa place j'aimerais beaucoup savoir à quoi ressemble le fils qu'elle n'a vu qu'à son tout premier jour.

Alors, dans le dossier de la Dass, j'ai fini par, moi aussi, déposer des documents. D'abord, des photos de moi. J'ai fait comme elle. Moi bébé, puis petit garçon, jusqu'aujourd'hui. J'ai comparé avec les photos d'elle. Je lui ressemble beaucoup. Pas seulement la couleur des cheveux ou des yeux. Quelque chose de plus profond, plus intérieur. On a un peu le même air rêveur, ce regard qui va loin, et puis aussi les fossettes sur les joues lorsqu'on rit.

Pour rigoler, j'ai aussi déposé une photo

de mes pieds. Et aussi une de mon Chappy. Et comme elle, j'ai aussi déposé une lettre :

« Chère Sophie,

« Je m'appelle Léo. Je ne sais pas trop quoi t'écrire, ce qui est quand même un comble, parce que je te parle dans ma tête depuis que je suis tout petit. Enfin, ça c'était jusqu'à ce que je rencontre Xavière. Mais c'est une autre histoire. Quoique non, en réalité, ça fait partie de la même histoire, alors c'est promis, un jour je te raconterai Xavière. Et aussi Jason, sans qui rien n'aurait été possible, même pas lire tes lettres ou voir tes photos, j'en suis sûr. Xavière et Jason, ainsi que Claire et Charles, c'est grâce à eux que je t'écris aujourd'hui, alors je t'en parlerai, c'est certain.

Ne m'en veux pas pour ça, mais quand je te parlais, je t'appelais X, puisque je ne connaissais pas ton prénom. Je te parlais et c'était une façon de ne pas pleurer, ou de ne pas me détester, je crois. Je faisais comme si tu étais là, pas loin. Maintenant, je sais que c'était sans doute vrai. Je ne parlais pas dans le vide. Je ne peux pas m'empêcher de croire que tu écoutais sans savoir que je te parlais. Peut-être même que toi aussi tu me parlais de temps à autre.

Tu ne peux pas savoir à quel point tu as eu raison de laisser tout ça, ta lettre, tes photos, qui m'en apprennent pas mal sur toi, et donc sur moi. Mais ce n'est pas encore assez. J'aimerais vraiment en savoir plus, même ce qui sera peut-être difficile. Par exemple, on ne voit pas, sur les photos, si tu es grande ou bien petite. J'aimerais bien une photo de toi en entier. J'aimerais aussi une photo de toi d'aujourd'hui. C'est un peu bizarre, tu comprends, d'avoir pour seule image de ma mère une fille à peine plus âgée que moi. J'aimerais savoir aussi si tu es heureuse. J'espère que ton choix t'a rendu la vie plus facile, et que tu as pu continuer tes études. Je l'espère vraiment, pour que, tout ça, ce ne soit pas pour rien. J'aimerais savoir si tu es mariée, et si tu as d'autres enfants, et s'ils me ressemblent. Et surtout tu ne m'as pas dit à quoi ressemblait mon père. Tu ne l'as vu qu'un soir, mais tu dois t'en souvenir puisqu'il t'a tant plu. Tu pourrais me le décrire ? Et me dire si je lui ressemble ? Et s'il possédait une moto ? (Te souviens-tu de la marque ?)

Ça risque d'être dur, dur de découvrir toute la vie que tu t'es construite sans moi, tous ceux que tu as aimés et câlinés sauf moi. Mais je veux quand même savoir. Grâce à ta lettre, j'ai compris plein de choses. Il n'est pas question de pardon ou d'un truc de ce genre. De toute façon, je n'ai jamais pu t'en vouloir, tu as toujours été ma mère, quoi. Il est juste question d'essayer de comprendre. En tout cas, ce que je peux te dire, Sophie, c'est que sur une chose au moins, peut-être la plus importante pour toi, tu ne t'es pas plantée : mes parents adoptifs sont géniaux, et je n'ai jamais manqué de rien, même si je ne suis pas vêtu et que je ne parle pas comme un prince. Et puis encore une chose, mais tu le gardes pour toi, d'accord ? Je suis amoureux. Moi, je connais son prénom. Mais je crois que tu as deviné (voir plus haut). Je t'embrasse, Sophie, ma mère, maman. C'est la première fois que je dis ce mot, maman, à ma vraie mère. Ça me fait un drôle d'effet. Ça me mouille un peu les yeux. OK, beaucoup. J'espère quand même que ça t'a manqué, que moi, ton fils, je t'appelle comme ça. À bientôt, Sophie, maman ?

Léo. »

J'aurais aimé qu'on vienne avec le Chappy, qui est tout à fait terminé, et somptueux. Je l'ai essayé dans ma rue, pour voir. Il est supernerveux et rapide, beaucoup plus qu'un Chappy ordinaire! Mais peu à peu j'ai réalisé que ce n'était pas pour moi. Un peu trop décalé. Je ne crois pas qu'un jour j'aurai envie de conduire ça. Je suis plus à l'aise sur ma bécane toute simple, qui passe inaperçue. Je vais le revendre aussi, ce vieux scooter, et normalement ça devrait me rapporter pas mal de fric. On est donc venus en mob, Xavière et moi.

– Léo, tu sais maintenant qui tu es.

– Je suis Léo. Un peu un autre Léo. Mais Léo.

– Ça a changé quelque chose ?

– Peut-être.

– Tu n'as plus peur de m'aimer.

– Non.

– Moi, j'ai toujours un peu peur.

– ...

– Tu sais, si tu as envie de quelque chose, il suffit de le demander.

– C'est aussi simple ?

– C'est aussi simple.

– Xavière, embrasse-moi.

Tu avais raison, Sophie, ça n'arrive pas qu'aux autres. Même le bonheur.

scripto

Glaise
David Almond

Le Jeu de la Mort
David Almond

Le Cracheur de feu
David Almond

Imprégnation
David Almond

Douze heures avant
Gabriella Ambrosio

Feuille de verre
Kebir M. Ammi

Interface
M. T. Anderson

Becket ou l'honneur de Dieu
Jean Anouilh

L'alouette
Jean Anouilh

Thomas More ou l'homme libre
Jean Anouilh

Ne fais pas de bruit
Kate Banks

Amis de cœur
Kate Banks

Le Muet du roi Salomon
Pierre-Marie Beaude

La Maison des Lointains
Pierre-Marie Beaude

Leïla, les jours
Pierre-Marie Beaude

Quand on est mort c'est pour toute la vie
Azouz Begag

Garçon ou fille
Terence Blacker

Zappe tes parents
Terence Blacker

Fil de fer, la vie
Jean-Noël Blanc

Tête de moi
Jean-Noël Blanc

La couleur de la rage
Jean-Noël Blanc

24 filles en 7 jours
Alex Bradley

Spirit Lake
Sylvie Brien

Junk
Melvin Burgess

Lady
Melvin Burgess

Le visage de Sara
Melvin Burgess

Le Rêve de Sam
Florence Cadier

Les Gitans partent toujours de nuit
Daniella Carmi

Mauvaise graine
Orianne Charpentier

Lettre à mon ravisseur
Lucy Christopher

Bonnes vacances
Collectif

La Première fois
Collectif

De l'eau de-ci de-là
Collectif

Va y avoir du sport !
Collectif

La Mémoire trouée
Élisabeth Combres

Coup de chance et autre nouvelles
Roald Dahl

Ce voyage
Philippe Delerm

Cher inconnu
Berlie Doherty

La parole de Fergus
Siobhan Dowd

Sans un cri
Siobhan Dowd

Où vas-tu, Sunshine ?
Siobhan Dowd

Chante, Luna
Paule du Bouchet

À la vie à la mort
Paule du Bouchet

scripto

Mon amie, Sophie Scholl
Paule du Bouchet

On ne meurt pas, on est tué
Patrice Favaro

Que cent fleurs s'épanouissent
Jicai Feng

Le Feu de Shiva
Suzanne Fisher Staples

Afghanes
Suzanne Fisher Staples

La fille de Shabanu
Suzanne Fisher Staples

Ce que tu m'as dit de dire
Marcello Fois

Jours de collège
Bernard Friot

Voyage à trois
Deborah Gambetta

Qui es-tu, Alaska ?
John Green

La Face cachée de Margo
John Green

Will & Will
John Green et David Levithan

Incantation
Alice Hoffman

La Prédiction
Alice Hoffman

Boulevard du Fleuve
Yves Hughes

Polar Bear
Yves Hughes

Septembre en mire
Yves Hughes

Vieilles neiges
Yves Hughes

Mamie mémoire
Hervé Jaouen

La Bête
Ally Kennen

Déchaîné
Ally Kennen

Des pas dans la neige
Erik Lhomme

15 ans, Welcome to England !
Sue Limb

15 ans, Charmante mais cinglée
Sue Limb

16 ans ou presque, torture absolue
Sue Limb

Un papillon dans la peau
Virginie Lou

Enfer et Flanagan
Andreu Martin
et Jaume Ribera

13 ans, 10 000 roupies
Patricia McCormick

Sobibor
Jean Molla

Felicidad
Jean Molla

Le ciel est partout
Jandy Nelson

La Vie Blues
Han Nollan

Bye-bye, Betty
Jean-Paul Nozière

Maboul à zéro
Jean-Paul Nozière

Là où dort le chien
Jean-Paul Nozière

Le Ville de Marseille
Jean-Paul Nozière

Mortelle mémoire
Jean-Paul Nozière

Suite Scarlett
Maureen Johnson

Au secours, Scarlett!
Maureen Johnson

Les Confidences de Calypso
Romance royale - 1
Trahison royale - 2
Duel princier - 3
Mariage princier - 4
Tyne O'Connell

Zarbie les yeux verts
Joyce Carol Oates

Sexy
Joyce Carol Oates

scripto

On s'est juste embrassés
Isabelle Pandazopoulos

Sur les trois heures après dîner
Michel Quint

Arthur, l'autre légende
Philip Reeve

Mon nez, mon chat, l'amour et... moi
Le Journal intime de Georgia Nicolson - 1
Louise Rennison

Le bonheur est au bout de l'élastique
Le Journal intime de Georgia Nicolson - 2
Louise Rennison

Entre mes nunga-nungas mon cœur balance
Le Journal intime de Georgia Nicolson - 3
Louise Rennison

À plus, Choupi-Trognon
Le Journal intime de Georgia Nicolson - 4
Louise Rennison

Syndrome allumage taille cosmos
Le Journal intime de Georgia Nicolson - 5
Louise Rennison

Escale au Pays du Nougat en Folie
Le Journal intime de Georgia Nicolson - 6
Louise Rennison

Retour à la case égouttoir de l'amour
Le Journal intime de Georgia Nicolson - 7
Louise Rennison

Un gus vaut mieux que deux tu l'auras
Le Journal intime de Georgia Nicolson - 8
Louise Rennison

Le coup passa si près que le félidé fit un écart
Le Journal intime de Georgia Nicolson - 9
Louise Rennison

Bouquet final en forme d'hilaritude!
Le Journal intime
de Georgia Nicolson - 10
Louise Rennison

Je reviens
Marie Saint-Dizier

Chanson pour Éloïse
Leigh Sauerwein

Guadalquivir
Stéphane Servant

Miette-de-Lune
Nicky Singer

Mauvais plans
C. J. Skuse

Poussière rouge
Gillian Slovo

Sans abri
Robert Swindells

La vie en rouge
Anne Thiollier

Cool de chez cool
Ned Vizzini

La Guerre des rêves
Catherine Webb

L'enfant qui savait tuer
Matt Whyman

Porte-poisse
Margaret Wild

Avez-vous vu
Zachary Beaver ?
Kimberly Willis Holt

Kiss
Jacqueline Wilson

Loi n° 49-956 du 16 juillet 1949
sur les publications destinées à la jeunesse

PAO : Françoise Pham
Imprimé en Italie par L.E.G.O. Spa - Lavis (TN)
Dépôt légal : août 2011
N° d'édition : 184201
ISBN : 978-2-07-064 209-0